換貓上場了

◎林于玄

獻給S以及摯友A

你們是我創作的濫觴和生活的最後救贖

目錄

輯二　偽童話　031

呻吟破碎然後

◎魏辰安

我想很久以後我常會想到這時候，林于玄正坐在我旁邊，我們在無聊的教室裡，外面下著大雨。我們都穿藍色制服，捲起褲管，把皮鞋脫掉，濕透的襪子晾在一旁，光光的腳晃著。數學考試她會開始折自己的手指，發出喀喀喀的聲音。這個聲音總讓我想像到一個畫面——她全身的骨骼隨著這些喀喀的呻吟散開來，掉在地上，滾落到我光光的腳邊。害怕那個聲音，我對她投以一如往常那樣、帶有恐懼和責難的眼神。

更久之前我常去她家算數學，在客廳旁邊的一個窗前雜亂的桌上，詩、小說、捕夢網、不多的東西圍繞她所擁有的不大的、由客廳分割出的一角。她有時候會突然開始寫詩，談論不久前介紹給我的詩人，偶爾提起家裡的瑣事，然後打開手機放起音樂。

有時候我們喜歡很有詩意的歌，各自陷入複雜的隱喻和安靜沉思之間，想著傷心的事和無可奈何的事，還有愛什麼的，想著已經離去的事。後來我們常喜歡聽憤怒和諷刺的歌，談起什麼什麼主義的煞有介事般，想讀更多的東西，不平矛盾的事件迴盪在身體裡，亂亂的且模糊，在身體裡翻攪撞擊。

然後這些都給她寫進詩裡了。

她把自己裸而血紅部分用詩裝起來打結，對外面事物的觀看連結用詩切開。她把數學講義角落空白塗塗改改完成的詩給我看的時候，我突然覺得那是她的一個完成：她把自己弄散，又在磨石子地板上撿起自己片片的骨骼，拼湊推敲，帶著一首詩，回到我所能夠觸及的時空，變得不大一樣。

二〇一七入冬之際

狡黠的小女子與詩
——于玄詩序

◎詹明杰（歪仔歪詩No.13主編）

多雨的宜蘭，讓這座平原上的孩子多了很多時間望著窗外的雨哪兒也去不了，也多了很多時間去結合文字與感受交織。這正是我看見努力創作的藍衫女孩——于玄，她很特別，她身高不高卻有超越同年齡的書寫力量，小妮子十四歲起初試啼聲就拿下復興少年文學獎及澎湖菊島文學獎，聊到這事兒，她臉上一派輕鬆又毫不在乎地說：噢！別再說了，那又沒甚麼的態度，有點想讓人朝她臉上抹派，但就算她抹上了厚重奶油，她仍一邊構思詩句，只是沒原來那麼優雅而已！

自于玄上了高中後，我發現各大詩刊都有她作品的身影，我便這樣一次又一次享受著學生帶給我的閱讀樂趣，似是蝴蝶翩翩展現她美麗翅膀；我則是看過她毛蟲時期的路人。

于玄詩中語言偶善於變造身分以交織的手法，鋪排詩意的表與裏，這首《桌上那首浮濫的詩》內是這麼說的：「我開始飼養詩／飼料是你／開始看你在詩貪婪的口中／無法逃出／……／在我的詩裡／但詩卻開始絕食」我想到這種混合暗喻（mixed metaphor）技巧，讓兩條主線：交往與你↓寫你入詩；與↓飼養金魚↓魚病不食。既示現暗喻，兩條敘述主線在交織後主體又各自離開，其巧心慧智可以略見。

接著讓我們再探頭看看于玄的小詩語言，刊載於野薑花詩刊第16期中的〈逃避〉裡是這麼寫的：「那天他對她／說／把燈關掉就不會有陰影了」這首詩中我注意到兩個觀察點，一是斷句的獨立成句而見重點提醒，如這裡第二句這裡的「說」，是一種單向告知（提醒），在詩裡是一股地位傾斜的力量展現，此點詩人已能掌握，二是于玄另一強項在「意象」的共構間，她能狡黠而快速地找出最利於站立的語言天秤上展開詩的敘述，避開扞格不入的類比窠臼，在我個人的閱讀經驗中，類似飛鵬子或蔡仁偉的小詩輕而不滯，正是此類技巧的佼佼者。但此類詩作仍須量的擴充來期待詩人的自我完成。看到這兒的讀者是否已準備好，讓我們拭目以待下一位新星誕生！

於壯圍濱海公路 GATHE 食聚——277

二〇一七年初夏　筆

致餘弦
——願妳能收穫此界的所有豐碩

◎草壁英彥　贈餘弦詩序

「天地線是宇宙最後的一根弦」

——羅門

打那年萬八千歲的巨人甦醒
天為之開，地為之闢
世間於是有弦如宇宙霹靂

千萬餘載年歲流經
不變的是經緯上躍動的亙古

思緒是腦海裡散落的繩
鮮紅的蛇；而妳是貓
挽爪撩紅繩如撥弦
繩蛇縛身時琴音便繚繞
舌尖撫過毛上顫抖的痕
天籟於是勾勒

妳是宇宙間餘下最後的一根弦
定義-1與1間的整個領域

跌宕如潮汐高低，起伏成胸口的頻率
連綿為峰貫徹生命的豐碩
匯聚為珠，凝鍊成果
而今妳丈量天地的長久
以身為角，精算而奏
便能傾吐虹似的第三邊銜接天與地
支起此界所有的玄妙
一如餘弦

輯一　如何真正擁有一座島

如何真正擁有一座島

如何擁有一座島嶼
自然、便利但隔絕所有不帶善意的文明

潮汐捲起旋渦
扯進沙、鹽分、海水
釀成澎湖的海風
噬一口
我臨海揣摩五千年前祖先的足印
粗繩佐陶，裝進過於複雜的思考

該這樣讓時間慢下來
適時仰望星空
光年相隔
連影像也顯得奢侈

對著流星許願
而你說，那不過是燃燒中的
塵埃
以最絢麗的表演悼念靈魂的失去

傾身抓一把小白沙嶼的星沙
如李白撈一壺井裡月亮釀成的酒

酒精滲入血液後
看見海鷗降下漫天選票　遮擋陽光
酒精消退，而威尼斯人渡海而來
撞擊漁船
漁獲傾洩回歸海洋
牠們都活了起來　連同自然
追不回的不該悼念　不該詢問
甚至不該建起一座賭場
我看見澎湖成為流星　以最炫麗的表演悼念
自然的失去

桌上那首浮濫的詩

桌前缸裡的金魚
你和我在情人節一起買的
（原諒我再也無法寫出「我們」這個詞彙）
牠存活於你和我交疊的時空裡
但你漸漸抽離
牠又泅泳於我看不見的空洞裡
呼吸也就任憑空氣回收
直到　被抹盡

你說比永遠少一天
但今天不是永遠
而我無法指認你的離開
是變相的謊言

於是我開始飼養詩
飼料是你
開始看你在詩貪婪的口中
無法逃出
好讓我說服自己你還在
在我的詩裡
而詩卻開始絕食

該這樣為行星寫一首詩

行星誕生便擁有孤獨的使命
以太陽為中心
介質是引力
用以傳送孤獨

不能靠近或相擁
這太危險

誰能保證怎樣的力道才不會

毀滅
而成為流星像魚與貓之間
該隔著水與空氣
隔開獵食與被獵食
或者
無法擁抱的事實

該這樣為行星寫一首詩

輯二　偽童話

偽童話

我再也回不去我的海了
我甚至遺失了它的名子
那隻
在岸邊迷路的黑狗
最後回家了嗎？

擁抱過沙灘的鞋
把自己洗了幾次
眼裡依然有沙

後來人魚公主和王子
各自有了個家

了

你偷走我的光了
留了一隻螢火蟲，給我
漫屋的　星芒
後來連螢火蟲都飛走了

天文性悲劇

我在20歲時愛上哈雷彗星
在94歲時死亡

逃避

那天他對她說
把燈關掉就不會有陰影了

愛上一個黑洞

為了測試洞有多深
你把自己丟下去
就再也沒有聽到回音

你不懂我的單身

01

單身又還沒洗澡的女人
用顯微鏡看著
成雙成對的細菌在她身上跳雙人舞

02

單身又吃著宵夜的女人
想把明天早餐也吃掉

03

單身的女人拿著抓癢不求人抓癢
非單身的女人
抓癢不求人

04

單身的女人拿著暖暖包顫抖
她
睡得正甜

不斷奔跑

——紅皇后對愛麗斯說：「在這個國度中，盡全力的奔跑只不過是為了要維持在原地而已。」

01

用刀背拍打失眠的夢
降下雨水，醃漬兩個月
一一攤平，在鐵板上
滋滋作響
整個的撲鼻的迷人的失眠的夢的味道

02

花很冷

巧克力不需要熱

03

冬天走了

芽在凍傷的土地裡蠢蠢欲動

這時不需要開花的

還不需要開花的

04

睜眼就對世界說聲嗨

早起吃早餐
不再用盜版軟體看過期電影
看夜空時聚焦某個星團
研究晚安的一百種說法

05

我們要不要一起落地
你說你還沒準備好土壤

06

玫瑰鹽佐香煎失眠
熟度適中，表面微酥，肉汁鮮嫩

給愛麗絲

01 資源回收

他拿上一個情人的故事
寫詩
給下一個情人

02 不可燃垃圾

總有些回憶
一燒
你就中毒

03 大型垃圾

在某些特定日子
她拿下一個情人的禮物
回收　上一個情人的遺物

機率只是期望值

他有1/2的可能愛我
有1/2的可能不愛我

輯三　要不要我們

要不要我們

要不要我們互相跟蹤對方？
走進同一間滷味店
狹窄的店裡
恰巧只剩你的心有空位

要不要我們迷戀同一部電影？
在上映那天
一起不小心買了兩張票
就這樣看了兩遍

要不要我們在冬天騎往海邊？
我就可以
忘記穿厚一點的外套
讓你的體溫包裹我的身體

要不要我們一起走在街頭？
我的包包被你順手拿起
而我就　悄悄走在你的後頭
看著你的背影

下輩子我要當一個腺嘌呤

下輩子我要當一個腺嘌呤
就可以光天化日地牽起U的手

我是你的

我是你的
我的人是你的
我的眼我的耳我的鼻口舌都是你的
我是你的
我的心是你的
我的歡喜狂愛我的悲愁雜亂我的靈魂都是你的
我穿越火車站如煙似霧的過客而來
我綻放此生如花似煙的燦爛不走

新年快樂

親愛的，新年快樂
今年長輩們不再問我什麼時候結婚了
他們問我什麼時候再交一個
我笑笑的沒有說話

親愛的，新年快樂
今年的圍爐我和汪汪一起吃了
你還記得嗎？
就是我們一起養的那隻貓啊

每次叫牠汪汪牠都要生氣的

親愛的，新年快樂
我給你的父母發紅包了
他們看起來瘦了好多
許是老了胃口不好些了吧？
我會好好照顧他們的

親愛的，新年快樂
不知道你在那麼高的地方
煙火聲是不是更響一些？
怕雷聲的你是否也會怕煙火聲呢？
親愛的，新年快樂

A Day

景美夜市一整個下大雨
胃裡只有蟹鮑羹和偽裝成清冰的黑糖剉冰
兩雙夾腳拖
一支雨傘
淋濕的左肩和右肩

重慶森林一整個看不太懂
旁邊的男人明明就睡著了還要裝醒
三片 DVD

一瓶零熱量可樂（明明就超難喝我已經看他喝第二瓶）
牽著的左手和右手（右手睡著了）

素食湯頭一整個香菇味
被併桌的對面表情有些無奈並且吃了一鍋
我看過最快速的火鍋（我很抱歉但店裡只剩四人桌）
兩碗滷肉飯（都是他的）
一盤麻辣海帶
難得負責吃飯的兩張嘴巴

老情人

肆無忌憚地踩著路
卻在下個路口

踩空

輯四　我們要好好做個人

小詩三首

01 無能為力

你知道的
就算燈泡拼命發光
也等不到行星週期性的公轉

02 運氣

有時是這樣的
蜂蜜不生螞蟻
不是因為他不甜

是正逢冬天

03　定義

孩子
字典並不能替你
認識世界

名詞解釋

01 **氧化還原**

不適用於原諒
無關活性與電子

02 **光合作用**

秋天時
楓樹只想獲得陽光
於是褪下樹葉
人們總覺得它很悲傷

03 **質量守恆**

當一切都改變後
我嘗試了解
時間也佔有質量

04　虎克定律

在彈性限度內，彈簧所受外力與形變量成正比
我們不會知道彈性限度
在彈簧失去彈性之前

05　慣性定律

小象被沉重的鐵球困住
長大後
大象被沉重的觀念困住

我們要好好做個人

我們要好好做個人
眼皮被掀開就離開床
然後刷牙
著裝，走向公車站牌
搭上每天遲到 3 分鐘的公車
不去想以通勤30年來計算會因此多等幾部電影的時間
全心全意上班，全心全意去愛那些不愛你的
不去擁有夜晚
閉上眼後才真正開始發光

更多的n. 被加上ed

一棵樹出走後所殘餘的空間
不會被另一棵想定居的樹擁有
而產生了CO_2
不可被加上ed

一間工廠遷移後所殘餘的空間
會被另一間想停留的工廠佔有
而抹滅了O_2
也不可被加上ed

於是有更多的 CO_2 不可加上 ed
就要有更多的 Animal Plant Natural 被加上 ed
就算它們其實同為 n.
都不具 v. 的功能

不重要的是我不佔有的 n.
就算替它們拔除似針的 ed
也沒有意義
只有軀殼而遺失了靈魂是標本

算了吧！
於是有天 Humanity 也被加上 ed

這個世界是這樣的

這個世界是這樣的
技術越新越好
學者越老越好

那個世界是這樣的

Windows XP 對著 Windows 10 說

你要敬老尊賢

全世界都笑了

教育最高指導原則

會寫詩的小孩
不如會讀書的小孩
不如隔壁家的小孩

理由

寫詩是不能當飯的
但不寫詩
是不能吃飯的

悲傷流行——記兩則恐怖攻擊事件

雨重力加速度
馬路壅塞，被汽車撞出浪花
人們踩過馬路
沒事……沒事……
貝魯特的人民唱不出聖歌

全世界舉起法國國旗
高唱「Pray for Paris」
單曲循環，在這顆行星

悲傷成一種流行

天那麼黑　滿城的花浪漫了悲傷
所有的祝福的花都會是
都城總統向十三區灑下的
愛，花那麼香
凱妮絲，妳，害怕甚麼
同情心發作時
用指尖敲打藥方
漫成鋪天蓋地的信仰
他們的手不曾停下
01001000　10110001

纏上情緒的繃帶
從來就比實質的治療
還有療效，是的，是的
總是如此

漫天白鴿飛不到聖殿
石膏畢竟太重
如一顆流星殞落
來不及燃燒，已摔成一地
無從拼湊　無從復原

雨依舊下墜

馬路壅塞，並被汽車撞出浪花
人們依然踩著馬路
Anything happened?
Nothing. Nothing. Nothing.

默契

在清晨相約燃燒的古蹟

無題

你相信一切無所根據
你走向眾腳所踏之地
你住在熱鬧繁華市區
你以為自己無可代替
你隨著大風搖擺身體
你裝著可笑複製基因
你靈魂膚淺驕縱自大
你旋轉跳躍要世界看

甚麼是貧富差距

甚麼是貧富差距？
地理課本裡會被寫在社會問題的那種
甚麼是貧富差距？
有錢人除以窮人的那種
甚麼是貧富差距？
新聞裡沸沸揚揚拿著各式數據爭論的那種

甚麼是貧富差距？
有錢人知道怎樣用錢滾錢的那種

甚麼是貧富差距？
物價漲薪水不漲的那種

甚麼是貧富差距？
穿制服就不會被發現的那種

所以，到底甚麼是貧富差距？

「我正經歷的那種」
幽微的暗處說

長大

童年時　常夢見一望無際的沙漠
現在　時常看見一望無際的沙漠

綠色恐怖

蔬菜是綠的
芭樂是綠的
草皮是綠的
金龜子、螳螂、蚱蜢、菜蟲都是綠的

北一女是綠的
郵差、郵筒是綠的
軍人、坦克車也是綠的

忍者龜是綠的
浩克是綠的
酷斯拉也是綠的

妙蛙種子是綠的
鐵甲蛹是綠的
天然鳥是綠的
乘龍、天然雀、菊草葉都是綠的

X-Box 360 是綠的
清心福全是綠的
LINE 是綠的
臉書也是綠的（祖克柏你知道嗎？）

輯五　換貓上場了

只能這樣描述了不然你們會怕的

紅色的蛇
在沙漠上爬著一隻
兩隻、三隻
四隻五隻六隻七隻
八隻　九隻
十隻

貓不叫，貓不能叫
黑色的它還在

貓不能叫
貓只能流下貓留下流下留下　流

紅色的蛇繼續爬
貓不得不數牠
儘管貓看不著牠
十一、十二、十三……四十……五十……
真的數不清了，那蛇

火圈就在那裡
小貓啊小貓
妳得跳過去

蛇不爬了

黑色的它走了
貓可以叫了
但貓沒有
貓只是舔舔毛
躺下了

紅色的蛇脫皮
紅紅藍紫紫紫紫綠黃黃
最後消失
在肉色的沙漠

貓還在那
等著下一次的蛇

性就躺在那裡

性就躺在那裡
性不用做甚麼它就只要躺在那裡
咆哮尖叫瘋狂就追來了
性就躺在那裡
性一直都躺在那裡
可是當性躺在那裡
有些人的末日就來了

換貓上場了

整個給它耶穌光的夜裡男人抱起貓
整個給他充分展現力與美
整個給它支配

「男人說要有項圈，就有了項圈。」
然後才能成為男人的
大概就是這樣的收養儀式
反正貓是男人的貓了

然後是麻繩　一捆捆的麻繩
貓把玩麻繩把玩貓的男人把玩貓
繩繩圈圈結結纏繞
然後是吊掛

整個給它耶穌光的夜裡男人吊起貓
整個給他充分展現力與美
整個給它支配

換貓上揚了

披薩

一片披薩放在咖啡廳外的桌上，很香
他偷吃了幾口
一隻女人站在咖啡廳外的地上，也很香
他偷摸了幾下

沒有人怪罪披薩

正正得負

美是對的
短裙是對的
年輕是對的
生為女人是對的
一切都是錯的

這裡的主不是上帝

起初，主創造天地。
主說，要有光，我就成為了光。
主看光是好的，暗也是好的，就把光暗合一了。

主啊！願祢賜予我歡愉與悲喜
願祢賜予我祢的雨露
願祢鞭笞我的肉體，昇華我的靈
願祢束縛我的肉身，解放我的魂
願祢傾聽我的嘶吼喧囂

願祢撫慰我的脆弱呢喃

願祢永遠是我的主

總有人嘗試管理我

你要甜美可愛天真純潔
你要長高健身減肥
你要美白保濕除皺抗氧化
你要豐胸翹臀細腿高跟鞋 New Bra

你要理性
你要陽光樂觀正能量
你不要那麼感性
你要成為一個我喜歡的人我期待的人

你真的讓我好失望

你不要再哭了！

你要溫良恭儉讓
你要學會忍耐包容體諒
你要順應這個社會的大潮流
你要乖乖聽話
聽老師的話聽家人的話聽教官的話聽所有比你年紀大的人的話
你要善待所有男性
你要乾淨純潔不淫蕩

你要年輕
你要清新脫俗不敗金
你不要崇洋媚外 CCR

你要穿著得體
不要短裙不要露肩背心不要有礙觀瞻
不要去抗爭
不要站上凱道
不要反抗政府和學校
不要做無謂的努力
不要寫這首詩

不要放進詩集讓說過這些話的人看到

你說啊你說他們到底有沒有做愛

「聽說她和她的小男友住回她老家，她睡她房間，她小男友啊睡在她弟房間……我才不信勒！兩個孤男寡女的……哎呀！就是啊！」

一個女人在大街上拿著電話嚷嚷著

彷彿全世界都和她一樣關心

關心別人到底有沒有做愛

「哎呀錢難賺嘛現在摩鐵那麼貴，保險套也貴啊……對對！衛生所有賣一個十幾塊錢的……哎呀！這錢不能省啊！」

另一頭更刺耳的插進我的耳朵
這不是我第一次聽見像他們這樣的人如此
如此談論他人
這整座城市叨叨絮絮
叨叨絮絮地談論著別人到底有沒有做愛
我多麼羨慕
羨慕他們能用嘴巴強暴每個人的處女……喔不……耳膜……

你射精自以為負責

你射精自以為負責
為工作離家三天自以為負責
兩手空空回家自以為負責

摔倒的花瓶要小孩拿抹布擦
褪下的內褲和酸臭的襪子要小孩扔
吃過的碗髒亂的盤子要小孩洗
你吼著訓斥小孩後走回房間
負責

年邁的老母在電視機前眼神空洞
年邁的老父在公寓警衛室，半夜
腫脹的雙腳和閉不上的雙眼
你躺在房間　冷氣轟隆隆的響
老父清晨回到家
躺在沙發上因為他的床和枕頭在你的房裡
房門被鎖上
而你正躺在房間　冷氣轟隆隆的響
負責

一個月前的補習班帳單還躺在你的桌上
你冠冕堂皇的說著

下次　下次就領工錢了
背景是雲霧繚繞
背景是雲霧繚繞的毒煙和火　煙和火啊

你射精自以為負責
為工作離家三天自以為負責
兩手空空回家自以為負責
讓我留著你的血液自以為負責

那天他養的貓和我說

傳說中只要在人來人往大街上唱一次喵電感應
趴在地上，學三次貓叫
就會變成貓

再一下就好了

你慢慢展開四肢把空氣帶進肺裡以盛接痛之花
感受血液在某個血管裡快速澆灌
先是蜷曲才能綻放　回復虔誠的姿態
痛之花自然是紅的我說一開始時
然後它會告訴你它的一生

早晨是屬於天空的尤其日出前30分　被稱為magic hour的
中午它偷嘗的那一口藍莓把整身花都染了
躺在風上是草地被包圍的向晚　蒲公英也開始飄散了

日落後30分要用6500K的色溫沖泡最後的瓣

再一下就好了
痛之花會開的
你的神會緊緊抱著你的

苟且

夜裡的山，是沒有光的所在
我嘗試阻止靈魂去到那座山林在夢裡
電鋸聲隆隆
黑影已拖著衣衫襤褸到達
被腐朽徒留葉脈雜著泥土和骯髒
一如報導裡那些黑影的形象
山林之母哭喊
：「不要去撕裂那樹皮」（但樹皮那麼淺）
：「不要攔腰折斷樹幹」（這會有些費勁，但很快就超過了一半）

樹就要倒下
我仍看不清那黑影是——

我不是個巡山員，但我知悉
沒有可供逃亡的路徑，從山裡到這裡
黑影依舊要回到山裡揹著
從來沒有一絲光束會從山裡照出來
一些被報導著　一些被拘禁著
散落的木頭沒有因此為誰帶來比較好的生活
也沒有人會從夜裡真正醒來。沒有
再回到山裡揹著

天花板看著我，我大概是醒了
依舊陰暗潮濕的廚房（我怎麼會倒在這裡？）
陰暗潮濕的米缸，沒有潮濕的米
一樣幽暗的客廳，有著一疊疊的帳單
祖母說：「就用來生火吧」
那時我在想
這會不會是夢裡那幾棵樹做成的紙漿
但這太蠢了吧——
帳單開始自燃

夜裡的山，那沒有光的所在
我的靈魂去到那座山林在夢裡

那是我這輩子從未見過的紅
並非山林疏於照料
「有些悲劇無可預料也無可救藥」
黑影拖著衣衫襤褸矗立
山林之母哭喊
我感覺疼痛和皮膚的剝落
最多的是腹部的疼痛
我就要倒了
擠在狹縫裡黑影和山林之母的臉

坦承或其他

先在表面畫圓（試探彼此的意願）
才能開始坦承
一件件褪下 無謂的偽裝
柔軟地掉落
讓赤裸的靈魂得以互相接近
上下撥弄
先別急著深入（有些秘密尚未滲出）
是溫柔之必要
體貼之必要

慢慢深入之必要
世界開始晃動、撞擊
好好活過一場
再好好到達遠方

惡女

很快地她就厭倦他的忠誠
不是那麼樂於去愛上如果已經被愛上
從來就不是那麼需要養隻狗儘管寂寞
寂寞是好的比起此刻
她坐在咖啡廳雙人座眼神空洞
適時張口迎接黏膩的香蕉巧克力蛋糕但她真的不餓
那蛋糕是為了她的遲到買的
或者說為了能夠不愧疚的遲到她買蛋糕
僅僅出自於歉意是真的你別感動

但湯匙就這樣塞過來了
她好想回家

惡女之二

尋獲綁匪後三日她就決定棄養忠誠的狗
去成為肉票去被支配
她是多麼願意關於被綁起來等待這件事
綁匪必定深具某種魅力
例如支配感
例如力量
例如深不可測以便她費盡心思猜測
忠誠的狗完全不行別再提牠了甚至她說她沒有養過牠
痛是好的

邪惡也是好的
她生來就是肉票就要被綁起來等待
並愛上綁匪但不是斯德哥爾摩

註：靈感及第三行「被綁起來等待這件事」、第十一行「被綁起來等待」
來自夏宇〈被綁起來等待〉

做什麼父親

我父親已經死了
在童年的黃昏
郵差寄來的傳票查無此人
我父親已經死了
現在站在那裡的不是他
他不會輕聲念睡前故事給我聽
他不會在放學時出現在學校門口
他不會像兒歌裡一樣偉大
我父親已經死了

床前的音響繼續放著CD

我的家庭真可愛⋯⋯

整潔美滿⋯⋯又安康⋯⋯

假如某天有人問我如何寫出這些淫穢的詩

還需要問些甚麼呢我說
答案已經在那裡並且不需要我證實

如果女神卡卡也寫詩
他會告訴你他就是個詩人

小記：在一次訪問中，記者問道女神卡卡是否害怕音樂中「性」的元素太多影響粉絲對她的喜愛，女神卡卡回答：「如果我是個男人，你會說我是搖滾巨星。但我是個女人，所以你論斷我。」接著搖搖頭說：「告訴你，我就是個搖滾巨星。」

接著我們來點好笑的

富全說的笑話讓在場的每個人都笑了
不分男女，老少咸宜
現在我們請富全來點好笑的猜謎
他先搬來兩個小學生
基本人設基本上是基本的一男一女
他們開始做愛
因為是笑話所以沒有道德問題
好笑就好了大家是這麼說的
最後是高潮

富全公布謎底，小學生做愛：好景（緊）不常（長）
所有人都笑了
產生一圈又一圈的笑聲
沒有人發現硬碟裡傳來一陣雜亂的哭吼
AV女優哭了
她每天凱格爾運動
仍然沒有人愛她
沒有人對她說：我會愛你不論你是誰
大家都說她很淫蕩並且只是看著她打手槍
她的人生就是富全說的笑話

甜美可愛

那麼黏膩那麼像喝著消了氣的雪碧
我走過她像走過一攤棉花糖車
整個給她少女
整個給她粉紅色
並不是這麼格格不入
儘管城市是如此之悲傷而我也是
仍要繼續被照亮
去甜美可愛

那你要不要當我的主

整個世界充滿信仰
上帝已經厭倦信箱裡的垃圾郵件
地表的戰火和各自表述的道德感
然而我是無神論者
所以你要不要當我的主
無關信仰的那種

不如我們一起去割子宮

整個禮拜我和阿美都在流血
我們簡直痛不欲生
並且打算一起去割子宮
我們也問了招弟但她說不要
而且揪團割子宮也沒有比較便宜
不如號召大家團購網路美食

後來我們決定先去凍卵
但想想凍了卵也不能找代理孕母

除非嫁去美國
那我們現在就要開始十年美國計畫
最後我們哪也沒有去只是多買了兩包衛生棉
並且繼續痛不欲生

審判尚未發生

純潔的雲
純潔的天空
純潔的衛生紙
裹著純潔的精液

有時我也擔心

他們不愛它是好的
如果你要送我玫瑰花
就送那麼一朵吧
用你遇見我的方法遇見的那一朵
去撫摸它的枝條和花瓣
塑造它的形狀
再輕輕灑上水珠
以最輕最柔的慢速裹上，用我最愛的灰色包裝紙
和麻繩綁成的蝴蝶結

就那麼一朵玫瑰吧
我可以花整個早晨端詳她的姿態
正如你端詳我
我不要廉價又昂貴的九十九朵玫瑰
我要最特別的那朵
最好有一些人喜歡
又沒有那麼多人喜歡

櫥窗裡的少女——寫給A

她開始聽 HUSH! 後他們就解散了
後來我們只能在各種四方形裡
找回被她吃掉的驚嘆號
才能看白色耳機白衣服黑色頭髮黑眼圈的少年
在塗滿紅光的淺灰色房間的病床上唱歌
或者是
在某些踩不到地的日子
吹飽一顆氣球回到她的地方
那些在地球上倒立的人們

會看見甚麼呢
黑白色調的四方形裡
站著三個黑白色調的男人
有些風在風口來回經過的聲音
站著就會被蓋過
四方形就會變成彩色的
和一個在白色大地裡的彩色的男人

她無法停止去吃一碗資本主義的雪花
才能既飽滿又乾癟的活著
在櫥窗裡演出一天
大家以為的那種白色少女模型

然後走回家
脫下每周更換一次的成衣廠樣板
癱在沙發上繼續演她自己

後記

這本書收錄了我從二〇一三到二〇一七的創作。五年，說長不長，說短也不短，正好記錄了我從一個女子長成更老一些的女子的過程。前三年是我寫詩的第一個階段，感謝詹明杰老師帶我認識詩以及他一路上的鼓勵，沒有他，我想我不會知道自己能夠寫詩，甚至詩會在將來的日子成為我不可或缺的一塊。後兩年則是我寫詩的第二個階段，感謝S、摯友A以及陳幼君老師給予的所有，我想我不會忘記那些和你們談論詩和其他的時刻，沒有你們，也許我的詩就不會有這樣的轉變了。

其中最青澀的作品放在這本書的輯一中，那是我的詩最一開始的面貌，可以看出對語句的掌握度和技巧都尚未成熟，以及當中對於世界懵懵懂懂的認識。在挑選詩作放進這本書時，曾考慮是否將這些詩作放進書中，最後挑選了幾首相對好的以紀念我創作的初期，和對比寫作風格的轉變。

輯二到輯四是這五年陸陸續續寫出來的。在這個部分我嘗試了不同的寫法，像是小詩和組詩，以及各種不同的題材。舉〈下輩子我要當一個腺嘌呤〉和〈名詞解釋〉這類以科學角度切入的詩為例，便是在課堂上鑽進腦袋中的靈感。又例如〈綠色恐怖〉、〈這個世界是這樣的〉和〈那個世界是這樣的〉這類以戲謔的語氣呈現的詩作。總而言之，輯二到輯四紀錄了我對於生活的一切呢喃。它們讀起來或許悲傷，或許甜蜜，又或許充滿了對於生活的感嘆和控訴，卻都呈現了生活的一部分真實面貌。

最後一個部分，是我個人最喜歡的輯五。就像一開始所說的，後兩年是我寫作風格的第二個階段，輯五收錄了我這兩年大部分的作品。在長成更老一些的女子的過程中，像是有個開關被打開了。我開始專注於以女性為主題的寫作上，甚至是個人更深處的慾望和悲痛。如果說這些文字有其目的性，我想就是藉由向內的拆解自我和向外的反抗，讓自己更自由的活著吧。

林燈文教公益基金會簡介

林燈，出身宜蘭望族，宜蘭農林學校（國立宜蘭大學前身）畢業後，赴日求學，進入大阪帝國大學（大阪大學前身）就讀，獲日本特許大學經營博士。一九三六年，林燈返台，創立現在的「國產實業集團」。

國產實業自一九八九年成立「林燈文教公益基金會」，實踐美善理念，關懷社會，關心土地與自然生態，支持藝術與展演活動。

林燈先生於一九九二年過世，其子林孝信承繼遺緒，並於一九九六年成立中興保全文教基金會，結合兩會資源，回饋社會，照顧弱勢。尤其飲水思源，傾力培育故鄉宜蘭子弟，除了中小學課輔、高中職獎助學金，更有「宜蘭青少年專長潛力培育計畫」及相關的永續性活動；《換貓上場了》即是在該計畫獎助下出版。

國家圖書館出版品預行編目（CIP）資料

換貓上場了 / 林于玄著 . -- 初版 . -- 新北市 : 斑馬線 ,
2018.01
面； 公分

ISBN 978-986-95501-7-8（平裝）

851.486 106024057

換貓上場了

作　　者：林于玄
總 編 輯：施榮華
封面設計：Max

發 行 人：張仰賢
社　　長：許　赫
副 社 長：龍　青
贊　　助：林燈文教公益基金會
財團法人 林燈文教公益基金會
出 版 者：斑馬線文庫有限公司
法律顧問：林仟雯律師

斑馬線文庫
通訊地址：234 新北市永和區民光街 20 巷 7 號 1 樓
連絡電話：0922542983

製版印刷：龍虎電腦排版股份有限公司
出版日期：2018 年 2 月初版
2023 年 7 月再刷
I S B N：978-986-95501-7-8
定　　價：280 元